SATYRE

DIALOGUÉE,

Entre un Prêtre Sermenté de l'ordre de St. Dominique, et un Insermenté de celui de St. Ignace de Loyola.

Par le cit. P. CORROT, ex-employé du Ministre des Finances.

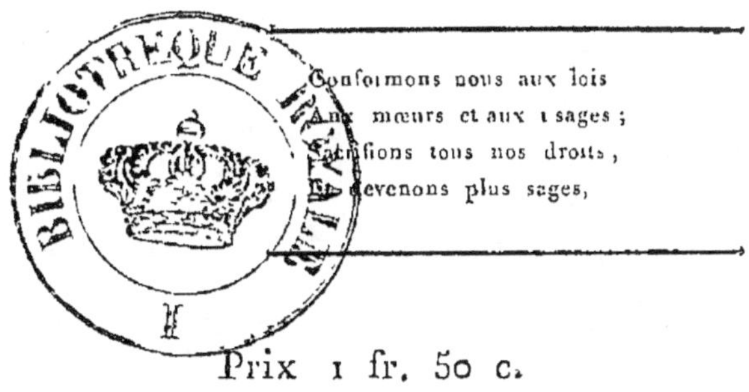

Prix 1 fr. 50 c.

A PARIS,

Chez Mde. CANU, palais du Tribunat, galerie neuve, n°. 19, en face le passage Virginie.

AN X.

SATYRE
DIALOGUÉE.

LE SERMENTÉ.

CONFRÈRE, où nous conduit ce peu de liberté,
Cet air fort apparent d'une tranquillité,
Ce grand extérieur de cérémonial,
Et ce fier appareil, beaucoup sacerdotal ?
Que trop, pour nos malheurs, dans peu je vois soudain,
Contre nous tous s'armer Bréon et Limodin :
La sévère, juste, vigilante police,
Exiger promptement, conforme à sa justice,
Un nouveau vœu, que dis-je ? un serment solemnel,
A la face des lois et d'un public autel.
Agissons sagement, mettons pleines franchises
Si nous voulons ici conserver des Églises,
Des dévotes, des biens, des dons, des revenus,
Et cet antique amas de doux, de chers abus,
Dont avant l'an fatal, de notre décadence,
Nous assuroient à tous, entière jouissance.
Pourquoi heurter de front une loi si nouvelle ?
Jamais la politique et farouche et rebelle,
Ne sut point captiver les hommes de pouvoir ;
Par de combinés tours on les fait mieux déchoir ;
Avec l'apparence beaucoup d'hypocrisie,
Force jolis discours, et force courtoisie,
L'on parvient mieux au but qu'un ministre mutin,
Anathématisant, criant soir et matin,

(4)

Foudroyant en chaire l'ami la République
Le déchire en morceaux, par sa haîne caustique.
Je le répète encore, sachons avec sagesse,
Sous un dehors décent cacher notre foiblesse,
Faisons toujours aux lois soumission entière,
Pour assurer d'abord notre Église la mère,
Et exercer du Christ la facile morale,
Dans les lieux accordés par loi nationale.
Comme vous, Confrère, de mon opinion,
Je suis plus entêté que ne l'est un démon,
Et le ciel en courroux, dût-il frapper ma tête,
Dût-il appesentir le fort de sa tempête,
Que bien loin de céder, provoquerois l'État :
J'eus ainsi de tout tems, la haîne d'un prélat.
Mais quand dépend de nous notre triste existence,
Qu'avec de faux dehors un peu de réticence,
On peut, sans s'exposer, parvenir à son but ;
But desiré de tous, d'où dépend le salut
Des Confrères en Dieu, de nos chères Églises,
On doit bien craindre, ami, de faire des sottises.
Eh ! quoi ? n'avez-vous pas fait de serment.....

L'INSERMENTÉ.

Qui !..... moi ?
Je n'y pense jamais, qu'avec colère, effroi.
Pouvez-vous avilir votre grand caractère,
Et ravaler ainsi notre saint ministère ?
Je jure par le styx, le manoir de Pluton,
Par toutes les Parques, par Cerbère et Caron
De ne jamais prêter de serment sacrilège.....
Un serment odieux !.... ô quel infâme piège

Le démon, l'Ante-christ, tendent à la vertu !
Je ne veux désormais vivre tant j'ai vécu.
Siècle barbare, affreux ; siècle atroce, infernal :
Gouffre, chaos, tombeau, du pouvoir monachal ;
Abîme dangereux, où la religion,
Du peuple est regardée comme une fiction,
Un rêve, un songe vain, par-tout est méprisée,
A vos Républicains elle sert de risée,
On nous la foule aux pieds, et Jésus et Marie
Ne sont que de faux-Dieux, pour cette race impie.
La Sainte Trinité, son précieux mystère,
Onc ne purent brider, ce profane vulgaire ;
Et bientôt nous verrons..... ô crime ! dans Paris,
Et haïr, détester, abhorer, Jésus-Christ.
Ne me parlez donc plus d'être doux, bon, fidelle,
A quiconque est à Dieu et méchant et rebelle.
La force fait les lois, non la saine raison,
Et vos cœurs infectés d'une indigne façon,
Adoptent aveuglément, sans nulle répugnance,
Celles nous enfanta, la plus crasse ignorance.
Souffrez en votre temple, assez peu solemnel,
Les vrais enfans du Christ, avec ceux d'Israël :
Le Quaker, le payen, l'athée, l'affreux impie,
Tous y sont bien reçus ; Belzébuth officie ;
Il ne manque plus rien à votre complaisance,
Nous y verrons bientôt les peuples de Bizance :
Zoroastre, Moloc, mille cultes divers,
Et Luther et Calvin, frais venus des enfers.

LE SERMENTÉ.

Ne vous emportez point, c'est fort peu nécessaire,

Et vous n'obtiendrez rien avec fiel et colère.
Autant et plus que vous j'ai bien sujet de l'être ;
Que gagnerai-je ? Rien, en la faisant paroître ;
Pas grand chose sans doute ?

L' I N S E R M E N T É.

O ma rage impuissante !....
Espoir .....

LE S E R M E N T É.

Mais quel est donc l'objet de votre attente ?
Enfantez-vous toujours des chimères nouvelles ?
Bah ! laissez ces idées, vieilles, peu naturelles.
Si nous devons, ami, comme hommes de bons sens ,
Penser juste, pensons que ce n'est plus le tems
De se roidir si fort vers le pouvoir suprême,
Pour rétablir en vain, les droits d'un diadême
Ebranlé dès longtems, tombant de vétusté,
Haï par tous les grands, du peuple détesté ;
Oppresseur de nos droits, même les plus sacrés ;
Droits incontestables, et des Francs révérés ;
Droits à nous transmis par l'Eglise et Dieu même,
Des Apôtres légués en leur sagesse extrême.
Jadis l'on a pu voir, sans honte et sans scandale,
Maints de nos rois bigots banir le droit régale ;
Mépriser du Saint-Père et bulles et décrets,
Avilir dans Paris, tous nos plus saints arrêts.
L'orgueilleux diadême étoit souvent fatal,
Au clergé des Romains il fit beaucoup de mal,
Sa haine invétérée pour le Dominicain,
L'a fait de tous les tems abhorrer du Romain ;

Et si la mère Église, avec sa politique,
Ne lui faisoit par fois très-hautement la nique,
C'est que le trône étoit son plus solide appui ;
Quelle tenoit honneurs et ses bienfaits de lui.
Puisque je peux ici vous parler à mon aise,
Je veux de quelques mots remplir la parenthèse,
Vous faire convenir qu'en ces tems fortunés
Nous étions des enfers, des diables déchaînés.
Inconsidérément de notre caractère,
Sortions le plus souvent pour nous mêler d'affaire.
Allions-nous dans le sein des tranquilles familles ?
C'étoit pour le malheur et la perte des filles :
D'une mere insensée, bigotte fanatique,
Provoquions un arrêt terrible et despotique ,
Et victime dévouée d'un amour innocent ,
Sans consulter son cœur, l'envoyoit au couvent.
Un procès obstiné, avoit-il bonne issue ?
Nous mettoit en courroux ; l'espérance déçue
De l'embrouiller un peu nous faisoit plus de mal,
Que n'en firent aux arts, les Goths et les Vandal.
Sous des dehors trompeurs, masques de piétés,
Nous convoitions le cœur de maintes déités ;
Une fausse sagesse avoit l'art d'introduire,
Les plus méchans de nous , qui ne cessions de nuire,
Au milieu des époux , d'un paisible ménage ;
C'étoit à qui mieux mieux en ferait davantage,
Adoptant le jargon de la simple candeur,
Nous captivions le sexe avec feinte douceur ;
Les paisibles époux , sans nulle défiance,
Avoient pour leurs malheurs entière confiance ;

Mais, quelle cruauté !..... ô l'infâme maxime !
Qui renverse du Christ la cause légitime,
Que de se travestir par dehors vertueux,
Pour se mocquer ainsi de ce qu'on a de pieux !
Un langage hypocrite , un air tout patelin,
Etoient avant-coureurs du plus mauvais dessin,
Guidoient presque toujours démarches insensées,
Et nos ames auroient par fois été blessées,
Si de Jésus mourant, les plus sages morales,
Eussent jamais germé dans ames infernales.
Si de ce monde vain nous allions à la cour ,
Lieu plus délicieux , objet de notre amour ,
Ce n'étoit, convenez, que pour jouer intrigue
Comme aux tems reculés de la fronde ou la ligue.
N'abandonnions-nous pas tous nos biens spirituels ,
Pour ne nous occuper que de ceux temporels ?
Les cabinets des rois , ceux de leurs fiers ministres
Alimentoient nos grands, nos noirs projets sinistres ;
Et finances, pensions, et riches bénéfices,
Etoient pour nous alors et cultes et offices.
Le peu que nous valions très-intrinséquement ,
Armoit déjà sur nous l'ancien gouvernement,
Le faste des Abbés et de la cour de Rome,
Annonçoient que dans peu seroit mure la pomme.
Des prêtres charlatans, simples inventions,
Ont dévoilé aux rois , aux autres nations ;
Le cas que de Jésus , de son culte on doit faire
Avec sa tourbe obscure , infinie de mystère,
Ses miracles nombreux , que les Egyptiens
Virent faire à l'aspect de mille Dieux payens,

Devant des apôtres devenus ses sectaires,
Qui l'aidoient très-souvent à se tirer d'affaires.
Quand dans ces longs récits, sottes narrations
Il restoit en cotin, quoiqu'avec fictions,
Où que la morale de son saint Évangile
Devenoit un hochet pour ce peuple imbécile.
Tout cela, joint aux grands, aux mitrés insolens,
Dans l'esprit du public avançoient les instans
De notre indubitable et juste décadence,
Et amenoit à point, la République en France.
Ce règne vous déplaît ? Il est plus salutaire,
Vous le trouverez bon.....

L'INSERMENTÉ.
Parce que Robespierre,
N'a plus des échafauds dans l'aris par douzaine,
Et que.... morbleu !.... monsieur, il circule en ma veine
De quoi.... dusse-jé être bouru, méchant, brutal,
Vous frotter le grouin. Exécrable vassal,
Bavard, prôneur zélé du républicanisme.....

LE SERMENTÉ.
Quand comme vous séduit, je serois du papisme
Le défenseur ardent, délirant, forcené,
Qu'en démarches vaines, par malheur entraîné ;
Que, par un faux calcul érigé en système,
J'en suivrois comme vous, le torrent par moi-même :
Que m'en reviendra-t-il? ma tranquille demeure
Seroit par maints agens, visitée à toute heure ;
Et je tiens d'un auteur, que la bonne fortune
C'est de vivre chez soi sans la crainte inportune,
Que vous rapporte, ami, votre opposition

Aux bienfaisantes lois que fait la nation ?
Qu'a produit cet essaim dispersé d'émissaires
Dans les départemens vos nombreux commissaires ?
Cette tourbe d'espions, répendeurs de faux bruits ?
Qu'ont fait ces scélérats ? que vous ont-ils produits ?
Avec tous ces fripons, pilleurs de diligence,
Maîtres passés voleurs, des quatre coins de France,
Qu'on embauchoit alors en province, à Paris,
Pour voler les passans de par *Louis dix-huit*
Et dont l'effronterie . . . .

L'INSERMENTÉ.

      Novateur effréné !
Et moi de Jesus-Christ. défenseur forcené ! . . . .
Nous n'avons desormais aucun mot à nous dire,
Egalement pour deux est faite la satire.
C'est fort bon ! oui, pas mal. Enfin, si je m'explique,
En stile des plus mâle et point académique,
Vous verrez, novateur, si vous avez raison,
Et bientôt vous saurez si devez rire ou non
Des horreurs qu'à Paris, en cent lieux on débite,
Et que vous accolez à chaque mot vous dite ;
Votre raisonnement, qu'est un affeux scandale,
Jette le catholique en un facheux dédale ;
Il est aux yeux de Dieu jugé très-condamnable,
Et de telles horreurs je ne vous crus capable.
Que je me suis trompé !

LE SERMENTÉ.

      Votre sotte morale
M'ennuie, mon confrère.

L'INSERMENTÉ.

Ma sotte morale,

Est très-édiffiante, et fort aisée à suivre,
C'est un guide chrétien pour celui qui sait vivre;
Simple, salutaire, pure comme sa source,
Contre le crime elle est d'une grande ressource;
C'est le texte fidel extrait de l'Evangile . . . .

LE SERMENTÉ.

Finirez-vous bientôt ? ou bien changez de stile.
Quoi ! vous ne pouvez pas dire sans fiction
Tout ce que vous pensez envers la nation !
De mille lieux communs vous faut-il l'assistance ?
Fouillez donc l'histoire, celle du Christ. de France
Courez vîte : fort bien ! dans le martyrologe,
Parlez de Saint Zozime ou de Jacques déloge.
Voyez la légende ; mêlez des patenôtres
Avec tous les actes nous venant des apôtres :
Le diable vous emporte avec votre oraison !
Parlez net.

L'INSERMENTÉ.

De parler, chacun a sa façon.
Vous croyez donc avoir tout l'esprit en partage ?

LE SERMENTÉ.

Vous, vous pourriez ami, en avoir davantage
En faisant de grand cœur votre soumission....

L'INSERMENTÉ.

Laissez-moi donc finir ma conversation.
Si nous faisons grand cas d'un noble caractère,
Ce ne sera du vôtre, ami, qu'en faudra faire,
Et tous vos beaux discours, et vos opinions,

Furent de tous les tems objets d'inventions.
Si deux ou trois vertus vous mettez en pratique,
Ce n'est bien, entre nous, que pure politique,
Afin de mieux cacher la grande ambition,
Et avoir, s'il se peut, charge, direction,
Place, commission lucrative importante ;
Voilà quel fut toujours l'objet de votre attente.
Peu vous importe, ou non, qu'on voie le christianisme
Dans un état prospère, à l'aide du papisme ;
Que tous ses vrais enfans, ainsi que ses ministres,
Soient la fatale proie de ces hommes sinistres.
Dans ce tems malheureux, tems de calamités,
Tems de déréglemens, où les cœurs infectés
Du souffle corrupteur de cette vile engeance,
Qu'ensanglanta vingt mois les deux tiers de la France ;
Tems où les factions, tour à tour succédoient,
Tout alloit pire en pire, et ceux qui gouvernoient,
N'apercevant de loin la hache sur leurs têtes,
Restoient immobiles au milieu des tempêtes.
Que faisiez-vous alors ? heim ? votre politique
Sembloit un peu d'accord avec la République ;
En tout, vous approuviez, le mal quelle faisoit,
Et vous la défendiez quand des torts elle avoit.
Le plus fameux coquin, valet de République,
Vint comme un scélérat, en séance publique,
De cet antre connu par sa férocité ;
Antre abhorré de Dieu. de la vraie probité,
Composé d'infâmes, féroces Jacobins.
Êtres vils. ignorans. célèbres assassins,
Vint, ô comble d'horreur ! un jour à l'assemblée,

Dire que l'Église, depuis long-tems troublée,
Renonçoit d'exercer de sottes momeries,
Misérables abus, viles forfanteries,
Contes-bleux du vieux tems, de pure invention,
Pièges tres-dangereux ; que la confession,
Étoit une injure pour le peuple éclairé,
Un abus infâmant, déja trop toléré.
A la barre soudain, par sa voix de pupître
Persuada bientôt à un tas de bélître,
Digne à peine du feu de Sodôme et Gomorre,
D'être roué, haché, et de plus même encore,
Que du Christ immolé la vraie religion,
Étoit des ministres ruse d'invention,
Qui très-souvent servoit pour duper le vulgaire,
Ou pour mieux dépouiller un riche légataire.
O ciel ! qui peut penser à ce règne d'horreur,
Aux crimes impunis de ces tems de terreur !
Quels jours victorieux pour l'affreux athéïme !
Bien plus victorieux pour le philantropisme !
Je vous vis aussitôt de gente mercenaire
Arborer en un clin la fatale banière.
De votre mouvement votre cœur frénétique
Fut grossir le torrent de ce prêtre impudique.
Mêlant adroitement, dans votre enthousiasme,
Et la plaisanterie, et le foible sarcasme,
Et disant : « Si j'abjure ainsi publiquement,
» C'est que je ne le puis guère faire autrement. »
Comme si parjurer fut chose nécessaire,
Qu'on dût mentir à Dieu pour se tirer d'affaire.
Que devint notre culte ? il fut deshonoré.

Ce fait enseveli devant être ignoré,
D'une foule immense, foule sotte importune;
Jadis, les yeux bandés, apportant sa fortune
Pour l'offrir à son Dieu d'un air de piété,
Sans troubles jouissions pour la divinité.
Je n'ai point comme vous prostitués sermens,
Mais je vous dirai bien, sans nuls acharnemens,
Que vous n'eûtes jamais un vrai franc caractère,
Votre plus grand talent est de vous contrefaire,
Et de donner souvent dans les derniers excès,
Qui firent abhorrer le nom de bon français,
Et qui plus est, Monsieur, celui de catholique.

LE SERMENTÉ.

Confrère, ce coloque est un des plus gothique,
Qui soit, depuis long-tems, sorti votre cerveau,
Mais enfin, c'en est fait, et vous passerez l'eau;
Irez à Cayenne, dans l'isle Marguerite :
Oui, mon cher Confrère, c'est la marche prescrite.
Ou bien à Oléron; ce vaste domicile,
Pourra bien à coup sûr rafraîchir votre bile,
La rendre moins tendue dans vos esprits vitaux.
Que le ciel vous évite en partie tous ces maux !
Vous ignorez, ami, que loin votre patrie
Vous vous abhorrerez, passerez votre vie,
Dans des désagrémens, dans des climats divers;
Souffrirez les tourmens que l'on souffre aux enfers.
Ces maux sont bien affreux, ce n'est rien à connoître
Au prix, d'un jour privé, du sol qui nous vit naître.
Vous avez çà et là erré hors nos frontières :
Bah ! tous ces voyages, ne sont que des misères;

Mais un fatal exil, comme l'est Oléron,
Gardez-vous d'y aller, il n'y fait pas bien bon,
Et je vous tiens heureux de ne le point connoître.
Qu'en votre esprit taquin, je vois soudain paroître,
Un peu de politique, sans elle je vous plains,
Confrère, n'ajoutez à vos mauvais destins.

L'INSERMENTÉ.

Ce langage étrange, ne sauroit me séduire.

LE SERMENTÉ.

Quelquefois en erreur on put bien vous induire.

L'INSERMENTÉ.

L'erreur la plus grossière est de votre côté ;
On a souvent rien dit quand on a plaisanté.

LE SERMENTÉ.

Je veux que Lucifer, et le diable me tente,
Si votre haîne encrée, injuste et trop constante,
Ne vous conduit tout droit en déportation.....

L'INSERMETÉ.

Je préfère la mort, à déportation.

LE SERMENTÉ.

Soumettez-vous bien vite, la raison vous l'ordonne.

L'INSERMENTÉ.

Que fera-t-on de moi, ne nuisant à personne ?
Ne puis-je disposer d'un droit que la nature
Donne à tous en naissant ? Pense-t-on nous exclure,
Pour des opinions de la société ?
Où donc résideroit, votre vraie liberté ?

LE SERMENTÉ.

Dans le respect aux lois et dans l'obéissance.

L'INSERMENTÉ.

Eh bien, fier novateur, ayez-en la constance,
Pour moi, je veux mourir et souffrir et me taire.

LE SERMENTÉ.

Vous vous attirerez une méchante affaire,
Je vois ....

L'INSERMENTÉ.

Je suis entier comme l'est un jésuite.

LE SERMENTÉ.

Je m'en aperçois bien, votre folle conduite
Ne promet rien de bon.

L'INSERMENTÉ.

Sans l'avoir mérité,
Quelle peine craindre....

LE SERMENTÉ.

Vous serez arrêté.

L'INSERMENTÉ.

Je me moque de tous.

LE SERMENTÉ.

Ce ne fut pas toujours,
Vous vous êtes sauvé par d'assez jolis tours.

L'INSERMENTÉ.

Dussé-je être plutôt victime mille fois,
Que lâchement trahir la cause de nos rois.

LE SERMENTÉ.

Adieu, changez bientôt, et soyez averti,
Que d'obéir aux lois, c'est le meilleur parti.

www.ingramcontent.com/pod-product-compliance
Lightning Source LLC
LaVergne TN
LVHW010238030726
842520LV00007B/2619